Analyse de l'œuvre

Par Sophie Chetrit

Qui a tué mon père

d'Édouard Louis

Analyse de l'œuvre

Par Sophie Chetrit

Qui a tué mon père

d'Édouard Louis

Rendez-vous sur lepetitlitteraire.fr et découvrez :

Plus de 1200 analyses
Claires et synthétiques
Téléchargeables en 30 secondes
À imprimer chez soi

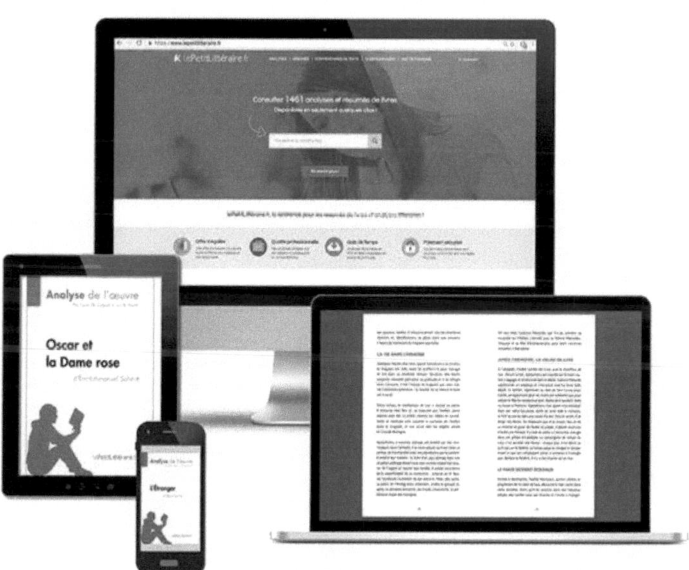

ÉDOUARD LOUIS

SOCIOLOGUE ET ÉCRIVAIN FRANÇAIS

- **Né en 1992 à Amiens**
- **Quelques-unes de ses œuvres** :
    - *En finir avec Eddy Bellegueule* (2014), roman
    - *Histoire de la violence* (2016), roman

Né Eddy Bellegueule, Édouard Louis a grandi dans la Somme avant de partir étudier l'Histoire à l'Université de Picardie, où il se fait remarquer par le philosophe Didier Éribon. Il étudie ensuite la sociologie à l'École normale supérieure de Paris. En 2013, il dirige l'ouvrage collectif *Pierre Bourdieu. L'insoumission en héritage* (PUF, 2013) et annonce qu'il dirigera la collection « Des mots » pour ce même éditeur. L'année suivante, son premier roman *En finir avec Eddy Bellegueule* est publié.

Édouard Louis y dépeint de manière critique sa famille et son milieu social d'origine. En 2016 paraît son deuxième roman, *Histoire de la violence*.

Il y raconte le viol dont il a été victime et l'analyse pour mieux comprendre les racines de la violence. Intellectuel engagé, il intervient régulièrement dans le monde politique avec Geoffroy de Lagasnerie (philosophe et sociologue français), avec qui il a notamment signé le manifeste « Intellectuels de gauche, réengagez-vous ! » ainsi qu'une lettre ouverte à l'ancien Premier ministre français Manuel Valls, dans laquelle il accuse celui-ci de ne pas vouloir comprendre les causes du terrorisme.

QUI A TUÉ MON PÈRE

UN ROMAN POLITIQUE RADICAL

- **Genre** : roman
- **Édition de référence** : *Qui a tué mon père*, Paris, Éditions du Seuil, 2018, 96 p.
- **1ʳᵉ édition** : 2018
- **Thématiques** : politique, monde ouvrier, violence sociale, famille, pauvreté, société contemporaine, sociologie

Dédicacé au réalisateur québécois Xavier Dolan et commandé par le metteur en scène français Stanislas Nordey, *Qui a tué mon père* est le troisième livre d'Édouard Louis. Dans ce roman, l'écrivain revient sur l'histoire de son père : un homme élevé dans une famille nombreuse par un paternel violent, et qui n'a rien connu d'autre que la pauvreté. Ouvrier à l'usine du village, il est victime d'un accident de travail qui lui broie le dos en 2001. Suite à des réformes politiques visant à « remettre les Français au travail », il se trouve contraint d'accepter un poste de balayeur dans une ville éloignée pour un salaire de 700 euros, et ce malgré la douleur physique qui l'accable.

Alors que dans *En finir avec Eddy Bellegueule*, Édouard Louis dénonçait la violence, le racisme et l'homophobie de son milieu social d'origine, il cherche plutôt ici à en définir les causes. Il tente de comprendre son père sous le prisme politique, en montrant comment sa vie est soumise à la violence d'une politique qui détruit progressivement son corps. Dès lors, ce texte se présente comme un réquisitoire qui accuse directement des hommes et femmes politiques français, expressément nommés. Salué par la critique et comparé au « J'accuse » d'Émile Zola (romancier français, 1840-1902), le livre d'Édouard Louis serait même parvenu à susciter l'intérêt de l'Élysée.

RÉSUMÉ

Si l'ouvrage porte sur son père, Édouard Louis est pourtant le seul à s'exprimer tout au long du texte. C'est un élément formel important, qui met en lumière l'impossibilité du père de raconter sa propre vie et donne au texte l'allure d'un monologue théâtral.

PARTIE I

La première partie commence avec une définition du racisme par la géographe Ruth Gilmore : c'est « l'exposition de certaines populations à une mort prématurée » (p. 11). Dans les pages suivantes, cette définition est appliquée à la santé du père de l'auteur, ce dernier énumérant les maux physiques de cet homme qui ne peut presque plus se déplacer. Ainsi, il désigne son père comme appartenant à la « catégorie d'humains à qui la politique réserve une mort précoce » (p. 14). Il entremêle ensuite des souvenirs d'enfance brefs et spontanés avec un récit détaillant la vie de son père.

Des souvenirs d'enfance fragmentés

Le texte se compose partiellement de souvenirs fragmentés, accompagnés de l'année supposée où ils ont eu lieu. Le premier souvenir que le narrateur raconte remonte à 2002, quand la mère d'Eddy le surprend en train de danser dans sa chambre ; elle lui confie qu'il ressemble à son père, autrefois bon danseur. Le narrateur découvre alors la part féminine de son père, qui tient une place de choix dans ce texte. Le deuxième souvenir remonte à une soirée de 2001 : le père de l'auteur invite des amis à la maison et Eddy propose d'organiser un spectacle où il joue le rôle de la chanteuse, et les autres garçons, celui des musiciens.

Pourtant, son père ne le regarde pas, alors que l'enfant souhaitait justement attirer son attention. Ce souvenir est important dans la mesure où il entrecoupe le reste du récit. L'auteur y revient à de nombreuses reprises pour mieux le détailler et l'étoffer. C'est donc un souvenir dont on comprend la portée au fil du texte. Ainsi, des dizaines de pages plus tard, on apprend que l'auteur a ensuite rejoint son père, en train de fumer à l'extérieur, pour s'excuser de son comportement.

Des excuses auxquelles son père répondit : « Ce n'est rien, ce n'est rien » (p. 41). Néanmoins, le narrateur culpabilise à plusieurs reprises de s'être exhibé ainsi, s'interroge sur la honte de son père et la met en lien avec sa propre féminité.

À cette question de la féminité, l'auteur ajoute aussi des considérations d'ordre socio-économique. Il se rappelle du Noël 1998, un réveillon où son père, qui détestait pourtant les fêtes, avait acheté bien trop de victuailles. Ce soir-là, un camion fonce dans la voiture où il avait soigneusement caché les cadeaux destinés à ses enfants. Édouard Louis se rappelle : il avait pleuré toute la nuit, non pas de ne pas recevoir de cadeaux, mais parce qu'il s'était demandé comment son père irait désormais à l'usine. L'enfant a donc déjà une certaine conscience des réalités sociales, de son propre statut. De même, il se souvient d'un jour de 2004 où, après avoir fait la découverte de l'histoire contemporaine allemande, il interroge son père sur la partition de la ville de Berlin. Son père, cet homme qui a peu de prise sur une histoire politique dont il est exclu mais qu'il subit, rejette ses questions, honteux d'être confronté à la culture scolaire.

Les derniers souvenirs mentionnés servent surtout à décrire la relation entre l'auteur et son père. Il évoque une scène qui aurait eu lieu dans un bus scolaire en 2006. Alors qu'Eddy voyageait avec Hayson, son cousin handicapé mental, le chauffeur s'agace des rires nerveux de celui-ci et esquisse un geste pour le frapper. Eddy s'interpose et reçoit la gifle à sa place. Son père, loin de tolérer que l'on brutalise son fils, prend sa défense en s'attaquant physiquement au chauffer. Le narrateur évoque donc ici l'image d'un père protecteur, qui voudrait en même temps que son fils s'endurcisse. En effet, dans un autre souvenir remontant à 1999, le père 'agace de l'entendre demander la cassette vidéo du film *Titanic* pour ses huit ans, bien qu'il finisse par la lui offrir.

La vie du père

Ces souvenirs sont eux-mêmes entrecoupés de descriptions du père de l'auteur et des éléments-clés de sa vie. Édouard Louis nous explique les relations de ce dernier avec son propre père : un homme alcoolique et violent qui avait quitté la maison quand il était petit, laissant sa mère, une femme peu éduquée, élever seule ses six enfants.

Il met en lumière la haine de son père pour cet homme dont il célèbre la mort, et le rôle qu'il a joué. Se dressant en opposition, le père de l'auteur répète obsessionnellement qu'il ne sera « jamais violent, parce que son père était violent » (p. 24).

Il raconte aussi la jeunesse de son père, son départ précoce du lycée. Il traite de son rapport conflictuel avec l'école en le mettant en lien avec la question de la masculinité :

> « Pour toi, construire un corps masculin, cela voulait dire résister au système scolaire, ne pas te soumettre aux ordres, à l'Ordre, et même affronter l'école et l'autorité qu'elle incarnait » (p. 34).

Il explique comment il fut embauché à l'usine du village où toute sa famille avait travaillé avant lui, et comment il refusa d'y rester pour passer cinq années dans le Sud à profiter de sa jeunesse, en errant et volant des mobylettes. Littéralement, il vole une jeunesse qu'on lui a refusée avant de revenir dans le Nord pour travailler dans l'usine qu'il avait quittée quelques années auparavant.

En outre, il traite de la relation entre ses parents. Quand ils se sont rencontrés, la mère d'Édouard

Louis avait déjà deux enfants, que son père a accepté de considérer comme ses fils. Elle finit néanmoins par se lasser d'un mari souvent absent qu'elle juge immature : « Ma mère disait : « Je suis pas mariée à un homme, je suis mariée à un gosse » (p. 46). Ainsi, après vingt-cinq ans de vie commune, elle le chasse et part s'installer en ville.

PARTIE II

La deuxième partie du texte s'ouvre sur la phrase suivante : « Je n'étais pas innocent » (p. 53). Édouard Louis évoque ici un souvenir marquant datant de 2001. Un jour, il voit sa mère donner de l'argent à son grand frère Vincent, ce que son père interdit, inquiet à l'idée qu'il le dépense en alcool et en drogue. En effet, sous l'emprise des stupéfiants, le jeune homme a l'habitude de taguer les supermarchés et mettre le feu aux gradins du village.

Quinze jours plus tard, alors qu'Eddy s'apprête à quitter le domicile, sa mère l'interpelle : « Pourquoi t'es comme ça ? Pourquoi tu te comportes toujours comme une fille ? Dans le village tout le monde dit que t'es pédé (...) » (p. 59).

Blessé, Eddy s'emporte et dénonce sa mère au milieu du dîner suivant. Son père explose et Vincent l'attrape par le cou, lui claquant le dos contre le mur de la cuisine. Ainsi, en écrivant cette partie, Édouard Louis prend sa part de responsabilité dans la douleur physique infligée à son père, précisant : « J'avais failli être celui qui allait te tuer » (p. 63).

PARTIE III

La troisième partie est à nouveau consacré à l'énumération de souvenirs, notamment celui du jour où, en 2004 ou 2005, la police appelle le père pour lui annoncer qu'Eddy a volé un téléphone. Exceptionnellement, le père prend le parti de son fils et semble fier de son acte. En effet, lui qui n'avait rien d'un délinquant, qui allait faire des grandes études et devenir « un professeur, un médecin important, un ministre (...) » (p. 67) montre enfin sa capacité à passer de l'autre côté, celui des dominants.

L'auteur enchaine sur l'histoire du père, et le jour où un poids lui tombe dessus à l'usine, lui faisant prendre conscience de l'existence de son corps à travers la douleur. Édouard Louis explique comment les décisions politiques ont affecté ce corps déjà endommagé, en dressant la liste de toutes les réformes et l'impact qu'elles ont eu sur lui. En mars 2006, Jacques Chirac et Xavier Bertrand, en faisant voter une loi qui annule le remboursement de dizaines de médicaments, lui « détruisaient les intestins » (p. 75). En 2007, la campagne de Nicolas Sarkozy contre les assistés, à laquelle fait suite la réforme de Martin Hirsch de 2009 remplaçant le RMI par le RSA pour favoriser le retour à l'emploi a poussé son père à reprendre le travail. Ainsi, il est contraint d'accepter un travail de balayeur qui accentue ses douleurs dorsales. En août 2016, la loi « Travail » menée par Myriam El Khomri sous la présidence de François Hollande facilite les licenciements et autorise à faire travailler les salariés des heures en plus. Autant de mesures politiques qui l'« ont asphyxié » (p. 79).

En 2017, lorsque le nouveau président de la république Emmanuel Macron explique à un manifestant que « la meilleure façon de se payer un costard c'est de travailler », il réactualise la frontière entre dominants et dominés, quand il enlève la nourriture de la bouche des pauvres en retirant 5 euros par mois aux plus précaires avec la baisse des APL. Si Édouard Louis parle de « vengeance » (p. 83) et montre une volonté explicite de dénoncer et de mettre des noms sur les responsables de la souffrance de son père, il cherche aussi à montrer l'importance de la politique :

> « Pour les dominants, le plus souvent, la politique est une question esthétique : une manière de se penser, une manière de voir le monde, de construire sa personne. Pour nous, c'était vivre ou mourir ». (p. 78-79)

Dès lors, il clôt son texte par un souvenir de son père lui demandant s'il fait encore de la politique, soulignant qu'il a raison de s'engager et concluant qu'« il faudrait une bonne révolution » (p. 85). Il se doit d'être compris comme un appel à l'engagement politique.

ÉTUDE DES PERSONNAGES

ÉDOUARD LOUIS, LE NARRATEUR

Édouard Louis est à la fois l'auteur et le narrateur de l'histoire. Il raconte une histoire dont il est l'un des protagonistes. S'il parle ici de son père, c'est pour le décrire selon sa propre perception, à travers des souvenirs brefs et spontanés. Ainsi, il ne se contente pas de raconter l'histoire de son père, il fait aussi le récit de leur relation, ce qui permet d'en apprendre autant sur le père que sur lui. Il se décrit comme un enfant isolé, qui ne parvient pas à s'intégrer dans le monde où il a grandi : un monde où la masculinité est érigée comme une valeur fondamentale. Efféminé, il est perçu comme différent, comme le lui fait remarquer sa mère :

> « Pourquoi t'es comme ça ? Pourquoi tu te comportes toujours comme une fille ? Dans le village tout le monde dit que t'es pédé, nous on se tape la honte à cause de ça, tout le monde se moque de toi. » (p. 59)

À travers ses souvenirs, on imagine un jeune homme tiraillé entre le désir d'être comme les autres pour plaire à ses parents, et celui de s'accepter tel qu'il est.

C'est ce second désir qui prendra le pas sur le premier, le poussant à aller de l'avant, faire des études et quitter la campagne, à abandonner Eddy Bellegueule pour devenir le grand écrivain Édouard Louis. Si dans ses précédents romans, il dénonçait son milieu d'origine et le racisme, l'homophobie et la violence qui l'accompagnent, il est désormais davantage dans une posture compréhensive, à la recherche des sources de ces maux. Ainsi, il désigne les politiques comme responsables, se présentant comme un intellectuel engagé, désireux de se faire le porte-parole d'une classe défavorisée qui en est privée.

LE PÈRE

Le père est le personnage principal de l'histoire, d'une histoire qui s'adresse directement à lui. Édouard Louis le tutoie ; il n'est jamais nommé. Les informations qui le concernent sont vagues : il est « né dans une famille de six ou sept enfants » (p. 21), dans un village du nord. Cette incertitude semble nous renvoyer à l'universalité de ce personnage, qui se fait le représentant de sa classe sociale. Même les descriptions physiques du père ne laissent apparaitre aucun signe distinctif. Si on sait combien son corps est usé (« tu ne pouvais presque plus marcher », « tu avais besoin d'un appareil pour respirer la nuit » [p. 12], « tu souffrais d'une forme de diabète grave, en plus du cholestérol », « ton ventre s'étire vers le sol » [p. 13]), on ignore pourtant à quoi il ressemble physiquement.

Né dans un milieu pauvre, il est peu éduqué et travaille à l'usine. Il passe son temps libre à regarder la télévision, au café ou chez ses amis. Il est raciste et homophobe, attache une importance fondamentale à son identité masculine. Et c'est cette prédominance de l'identité masculine qui, selon l'auteur, se révèle toxique pour son père : elle le pousse à s'opposer au système scolaire, à cacher ses sentiments et à rejeter l'homosexualité. Le lecteur se retrouve ainsi confronté à un personnage ambigu. Il rejette l'école, mais éprouve une certaine honte par rapport à son manque de culture et une fierté notable pour son fils qui fait de grandes études. Il pleure en cachette devant un opéra à la télévision et connait toutes les chansons de Céline Dion, mais ne dit « je t'aime » à son fils que lorsqu'il a bu. Il refuse de le regarder imiter une chanteuse, alors que l'on sait qu'il se déguisait lui aussi occasionnellement en femme. Édouard Louis s'attache à montrer la part féminine dissimulée de son père, pour mieux définir leur relation. A priori froid et distant, le père oscille entre l'affection et la honte que lui occasionne son fils. S'il sait le protéger et le défendre, il semble pour autant incapable de l'accepter comme il est publiquement, comme nous le rappelle le narrateur : « Un soir, dans le café du village, tu as dit devant tout le monde que tu aurais préféré avoir un autre fils que moi » (p. 70).

Sa relation avec la mère de l'auteur le fait apparaitre comme un personnage immature, « un gosse », qui ne parvient pas à s'engager dans la relation autant que sa femme le voudrait, jusqu'à ce qu'elle le quitte. On ignore si c'est le préjudice lié à cette rupture, les maux physiques ou l'influence de son fils qui transforment le père, mais il semble bel et bien avoir mûri à la fin de l'ouvrage. Édouard Louis lui dit : « Tu as changé ces dernières années » (p. 84). Il devient plus humaniste, critique le racisme en France et s'intéresse aux relations homosexuelles de son fils. Il achète ses livres, comprend l'intérêt de s'engager en politique.

LA MÈRE

La mère d'Édouard Louis est mentionnée pour la première fois comme servant le repas à ses enfants, pendant que son mari est chez son frère ou au café. Comme le père, la mère n'est pas nommée et il n'y a aucune description physique d'elle mettant en avant un quelconque signe distinctif. Elle apparait alors elle aussi comme un personnage intégrant les caractéristiques de son milieu. On sait qu'elle vient d'un milieu défavorisé, qu'elle n'a pas fait d'études. Femme au foyer et divorcée, elle a deux enfants d'un premier mariage quand elle rencontre le père d'Eddy. Si elle était « heureuse comme ça, sans homme » (p. 15), elle finit néanmoins par l'épouser, lui qu'elle trouvait « différent ». Ils ont un troisième enfant ensemble : Eddy. Pendant des années, cette femme maitresse de ses émotions gère le foyer et répond aux besoins de ses enfants. Elle semble avoir une relation plus saine avec son fils que le père, bien qu'elle rejette aussi son homosexualité. Usée par l'absence, l'immaturité et la violence de son mari, elle le chasse après vingt-cinq ans de relation. Elle retrouve ainsi son indépendance, part s'installer en ville et voyager. Ce départ l'aide à prendre du recul, au point qu'elle déclare : « Ah la mentalité de la campagne ! » (p. 31). Elle aussi semble avoir évolué au cours des dernières années, décrites à la fin du roman.

VINCENT, LE GRAND FRÈRE

Vincent est le frère ainé du narrateur. Fils biologique de la mère, il a été adopté par le père qui le considère comme son fils. Vincent n'apparait que dans la deuxième partie, où il est dépeint comme un personnage doté de « pulsions violentes et paranoïaques » (p. 54), ayant des problèmes avec l'alcool et la drogue. Petit délinquant, il risque la prison. Si Édouard Louis semble se réconcilier avec ses parents et son milieu social d'origine dans cet ouvrage, il ne montre pas pour autant une volonté quelconque de retisser des liens avec Vincent, « un homme que j'allais apprendre à détester » (p. 54).

CLÉS DE LECTURE

UN ROMAN POLITIQUE ET DÉNONCIATEUR

Il faut lire *Qui a tué mon père* comme un roman politique radical proposant une littérature de confrontation. Il s'agit tout d'abord de noter l'absence de point d'interrogation à la fin du titre : Édouard Louis connait les coupables, il les dénonce, les accuse. D'où la comparaison de la critique littéraire Nelly Kaprièlan avec le fameux « J'accuse » de Zola.

Alors que dans *En finir avec Eddy Bellegueule*, Édouard Louis incriminait ses parents pour leur violence, leur racisme et leur homophobie, il effectue ici un retournement, une tentative de compréhension par le prisme politique. Il réexplore sa propre histoire, mais cette fois du côté des laissés-pour-compte. Il prend à nouveau la parole pour la donner aux gens qui en sont privés. Il vient consacrer la réconciliation avec son père, auquel il n'avait pas parlé pendant des années. Ce père, il le retrouve épuisé et détruit par la misère sociale. Il s'interroge sur l'origine de ses maux, faisant de cet ouvrage un réquisitoire contre ceux désignés comme étant à l'origine de la destruction progressive de son corps.

Ainsi, Édouard Louis s'attache à montrer comment la politique affecte les plus démunis et abime leurs corps :

> « La politique, c'est la distinction entre des populations à la vie soutenue, encouragée, protégée, et des populations exposées à la mort, à la persécution, au meurtre. » (pp. 11-12)

Au-delà de cette idée, Édouard Louis veut montrer que les responsables de ces déformations corporelles se situent au sommet de l'État. Il nomme sans détour les hommes et femmes politiques contemporains, les confrontant aux conséquences réelles de leur action politique, comme le passage du RMI au RSA qui contraint des personnes dont la santé est fragile à reprendre le travail, la loi travail qui leur impose des heures supplémentaires sous peine de licenciement, ou encore la baisse des APL de 5 euros qui les prive de ressources qui leur sont pourtant nécessaires.

Il est alors ici question de la violence physique infligée aux classes populaires, soit d'une violence dispersée à travers un ensemble de relations sociales, culturelles, économiques et politiques. Ainsi, Édouard Louis creuse le fossé entre les dominants, ceux qui font la politique et pour qui elle est une question esthétique, de représentation, et les dominés, privés de ce pouvoir d'agir, mais dont le corps subit les conséquences de chaque réforme.

En raison de son aspect politique, ce livre serait devenu le livre de chevet des conseillers de l'Élysée. Interrogé à son propos, Bruno Roger-Petit, porte-parole de l'Élysée, constate des similarités entre le combat de l'auteur et celui d'Emmanuel Macron, qui dénonce lui aussi l'assignation à résidence des classes populaires, leur manque d'émancipation et de mobilité sociale. Il qualifie même le diagnostic d'Édouard Louis de « très macronien ». Cette analyse irrite l'auteur qui dénonce une instrumentalisation politique et répond dans un tweet le 6 juin 2018 :

> « Abstenez-vous d'essayer de m'utiliser pour masquer la violence que vous incarnez et exercez. J'écris pour vous faire honte. J'écris pour donner des armes à celles et ceux qui combattent. »

MÉCANISMES D'EXCLUSION ET DE DOMINATION : L'INFLUENCE DE PIERRE BOURDIEU

Édouard Louis découvre les thèses de Pierre Bourdieu à l'Université de Picardie en suivant un cours de Didier Éribon, sociologue et philosophe français. En 2009, Didier Éribon publiait *Retour à Reims*, dans lequel il raconte son enfance et son adolescence, et évoque la difficulté d'être homosexuel dans une famille ouvrière rémoise. Notre auteur se reconnait dans son discours et ils se lient d'amitié. Quelques années plus tard, Édouard Louis dirige alors son premier livre : l'ouvrage collectif *Pierre Bourdieu. L'insoumission en héritage* (PUF, 2013), qui compte un article de Didier Éribon : « La voix absente. Philosophie des états généraux. »

L'influence des théories de Pierre Bourdieu, dont l'œuvre est dominée par l'analyse des mécanismes de reproduction des hiérarchies sociales, est largement perceptible dans *Qui a tué mon père*. Comme Bourdieu avant lui, Édouard Louis s'oppose à Jean-Paul Sartre (écrivain et philosophe français, 1905-1980) et à sa vision de la liberté quand il affirme que « nous sommes ce que nous n'avons pas fait » (p. 35). Il analyse la vie de son père à la lumière du concept d'**habitus**. Selon la définition de Bourdieu, l'habitus est constitué par l'ensemble des schèmes de perception et d'action que l'individu acquiert à travers son expérience sociale. Il définit le principe d'action de l'individu dans le monde social et correspond au lien entre socialisation et action des individus. Ainsi, Édouard Louis montre comment son père, élevé par un ouvrier alcoolique et violent, finit par partager les mêmes travers. Il cherche à le comprendre et à le défendre contre les hommes politiques, dont les systèmes successifs l'ont réduit à la misère.

Selon Bourdieu, la société est une imbrication de champs dans laquelle les interactions sont structurées autour du capital économique, culturel, social et symbolique possédé par chaque individu. La **violence symbolique** renvoie alors l'intériorisation par les individus de la domination sociale inhérente à la position qu'ils occupent dans un champ donné. Elle est, par excellence, le mécanisme d'imposition des rapports de domination. Dans le cas présent, la domination renvoie au sentiment d'infériorité et d'insignifiance des parents de l'auteur. Ils ont intériorisé leur incapacité à peser dans le jeu politique et sont conscients qu'ils ne comptent guère aux yeux de la classe dominante.

Avec une grande efficacité, Édouard Louis démontre cette domination et son affirmation à travers l'école. Alors qu'il évoque d'abord la manière dont son père construit sa masculinité en résistant au système scolaire, il s'attache ensuite à décrire comment celui-ci se sent honteux quand son fils le confronte à une culture scolaire qu'il ne maitrise pas, en l'interrogeant sur le mur de Berlin :

> « Tu avais honte parce que je te confrontais à la culture scolaire, celle qui t'avait exclu, qui n'avait pas voulu de toi. Où est l'histoire ? L'histoire qu'on enseignait à l'école n'était pas ton histoire à toi. » (p. 38)

La violence symbolique est donc bel et bien présente, quand l'auteur montre comment elle est doublée d'une violence physique qui s'exerce sur les corps des plus démunis dont « l'histoire (...) accuse l'histoire politique » (p. 84).

LE LANGAGE : ENTRE LANGUE ORALE ET LANGUE LITTÉRAIRE

Si *Qui a tué mon père* a été globalement salué par la critique, certains commentateurs littéraires comme Jean-Claude Raspiengas ou encore Olivia de Lamberterie ont souligné le fait que le texte n'est « pas très bien écrit ». Le style d'Édouard Louis est en effet particulier. Il mélange langue orale et langue littéraire. D'un côté, il s'adresse directement à son père sous forme de monologue en utilisant le langage de son enfance et en intégrant des dialogues. De l'autre, on retrouve l'étudiant en sciences sociales qui multiplie les références académiques (il évoque notamment Ruth Gilmore [professeure de géographie], Didier Éribon, Jean-Paul Sartre) et s'approprie la langue littéraire, celle de la vie intellectuelle qu'il a intégrée. Il faut donc comprendre cet écrivain comme oscillant entre ces deux types de langages, comme s'il naviguait entre deux classes sociales : celle des dominés dont il vient et qu'il voudrait représenter, et celle des dominants à laquelle il appartient désormais.

Édouard Louis revendique alors un texte qui se construit contre une littérature qui exclut les dominés :

<blockquote>« Je n'ai pas peur de me répéter parce que ce que j'écris, ce que je dis ne répond pas aux exigences de la littérature, mais à celles de la nécessité et de l'urgence, à celle du feu. » (p. 23)</blockquote>

Cette revendication est toutefois complexe à réaliser sur le plan pratique. Dans son essai *Qu'est-ce que la littérature ?*, Jean-Paul Sartre posait déjà ces difficultés : celle de parler des dominés avec la littérature, soit l'instrument des dominants, celle d'être un écrivain engagé qui écrit à la fois à la classe bourgeoise et contre la classe bourgeoise.

Au-delà de cette volonté de s'opposer à la littérature qui exclue les dominés, il faut comprendre ce texte comme permettant à l'auteur d'analyser sa trajectoire de transfuge de classe. Puisque sa familiarité avec les grandes œuvres des sciences sociales et de la philosophie l'éloigne de toute possibilité d'identification avec le milieu ouvrier dont il est originaire, Édouard Louis se retrouve clivé entre cet espace social qu'il a quitté et celui qu'il a intégré, mais où il ne se sent pas toujours à sa place.

Ainsi, il pose une question à laquelle son professeur et ami Dider Éribon avait déjà tenté de répondre dans *La société sans verdict* : comment promouvoir un « retour » vers son milieu d'origine tout en menant un travail critique qui permette de mettre en lumière la domination symbolique qui s'y exerce ?

PISTES DE RÉFLEXION

QUELQUES QUESTIONS POUR APPROFONDIR SA RÉFLEXION...

- En quoi *Qui a tué mon père* ressemble-t-il au fameux « J'accuse » d'Émile Zola ?
- Pourquoi peut-on dire que la littérature dialogue avec la sociologie dans ce texte ?
- En quoi le sentiment de honte y est-il primordial ?
- Comparez l'expérience de transfuge de classe d'Édouard Louis avec celle d'Annie Ernaux, femme de lettres française : « Je voudrais dire, écrire au sujet de mon père, sa vie, et cette distance venue à l'adolescence entre lui et moi. Une distance de classe, mais particulière, qui n'a pas de nom. Comme de l'amour séparé » (*La Place*, 2008).
- À travers quels éléments principaux peut-on voir l'influence des théories de Pierre Bourdieu ?
- Quelles autres influences pouvez-vous détecter ?

- Quel est le rôle du style oral sciemment utilisé par Édouard Louis dans ce texte ?
- Que veut dire Édouard Louis quand il dit qu'il « ne répond pas aux exigences de la littérature » (p. 23) ?
- Quelle est la fonction de la deuxième partie du texte ? Pourquoi Édouard Louis ne se considère-t-il pas comme innocent ?

Votre avis nous intéresse !
Laissez un commentaire sur le site de votre librairie en ligne
et partagez vos coups de cœur sur les réseaux sociaux !

POUR ALLER PLUS LOIN

ÉDITION DE RÉFÉRENCE

- LOUIS, É., *Qui a tué mon père*, Paris, Éditions du Seuil, 2018.

ÉTUDES DE RÉFÉRENCE

- CRAZIER J-F., « Édouard Louis : échapper à la violence (*Qui a tué mon père*) », *Diacritik*, le 8 mai 2018. diacritik.com/2018/05/08/edouard-louis-echapper-a-la-violence-qui-a-tue-mon-pere/
- HOUOT L., « *Qui a tué mon père*, le cri d'amour politique d'Édouard Louis à son père », *Culturebox, France TV Info*, le 9 mai 2018. culturebox.francetvinfo.fr/livres/romans/qui-a-tue-mon-pere-le-cri-d-amour-politique-d-edouard-louis-a-son-pere-272587
- LEPELLETIER P., « *Qui a tué mon père* : Édouard Louis s'agace du succès de son livre à l'Élysée », *Le Figaro*, le 6 juin 2018. www.lefigaro.fr/politique/le-scan/2018/06/06/25 001-20 180 606ARTFIG00285--qui-a-tue-mon-pere-edouard-louis-s-agace-du-succes-de-

son-livre-a-l-elysee.php
- PASCAUD F., « Avec *Qui a tué mon père* , Édouard Louis nous bouleverse encore », *Télérama*, le 30 avril 2018. www.telerama.fr/livre/avec-qui-a-tue-mon-pere, — edouard-louis-nous-bouleverse-encore, n5625790.php
- SEGAUNE N., « *Qui a tué mon père*, d'Édouard Louis : le brûlot qui fait cogiter l'Élysée », *L'Opinion*, le 6 juin 2018. www.lopinion.fr/edition/politique/qui-a-tue-mon-pere-d-edouard-louis-brulot-qui-fait-cogiter-l-elysee-152495
- VAVASSEUR P., « *Qui a tué mon père* : le livre rageur et poignant d'Édouard Louis », *Le Parisien*, le 4 mai 2018. www.leparisien.fr/culture-loisirs/livres/qui-a-tue-mon-pere-le-livre-rageur-et-poignant-d-edouard-louis-04-05-2018-7698543.php
- France Inter, « *Qui a tué mon père* d'Édouard Louis », Les critiques du Masque et la Plume, le 17 mai 2018, 11 min. www.franceinter.fr/livres/qui-a-tue-mon-pere-que-vaut-le-j-accuse-d-edouard-louis
- France culture, Édouard Louis : « Avec mon père, j'ai surtout des souvenirs de ce qui n'a pas eu lieu », *Par les temps qui*

courent avec Marie Richeux, le 29 juin 2018, 58 min. www.franceculture.fr/emissions/par-les-temps-qui-courent/edouard-louis

SOURCES COMPLÉMENTAIRES

- BOURDIEU P. et PASSERON J-C., *La reproduction. Éléments pour une théorie du système d'enseignement*, Paris, Les Éditions de minuit, 1970, 290 p.
- BOURDIEU P., *La distinction. Critique sociale du jugement*, Paris, Les éditions de minuit, 1979, 680 p.
- ÉRIBON D., *La société comme verdict*, Paris, Fayard, 2013, 280 p.
- ÉRIBON D., *Retour à Reims*, Paris, Fayard, coll « A venir », 2009, 247 p.
- LOUIS É. (dir.), *Pierre Bourdieu. L'insoumission en héritage*, Paris, PUF, 2013
- SARTRE J-P., *Qu'est-ce que la littérature ?*, Paris, Gallimard, 1964, 384 p.

ADAPTATION

Le metteur en scène Stanislas Nordey présentera une adaptation de *Qui a tué mon père* au théâtre de la Colline à Paris en mars 2019.

DUMAS
- Les Trois Mousquetaires

ÉNARD
- Parlez-leur de batailles, de rois et d'éléphants

FERRARI
- Le Sermon sur la chute de Rome

FLAUBERT
- Madame Bovary

FRANK
- Journal d'Anne Frank

FRED VARGAS
- Pars vite et reviens tard

GARY
- La Vie devant soi

GAUDÉ
- La Mort du roi Tsongor
- Le Soleil des Scorta

GAUTIER
- La Morte amoureuse
- Le Capitaine Fracasse

GAVALDA
- 35 kilos d'espoir

GIDE
- Les Faux-Monnayeurs

GIONO
- Le Grand Troupeau
- Le Hussard sur le toit

GIRAUDOUX
- La guerre de Troie n'aura pas lieu

GOLDING
- Sa Majesté des Mouches

GRIMBERT
- Un secret

HEMINGWAY
- Le Vieil Homme et la Mer

HESSEL
- Indignez-vous !

HOMÈRE
- L'Odyssée

HUGO
- Le Dernier Jour d'un condamné
- Les Misérables
- Notre-Dame de Paris

HUXLEY
- Le Meilleur des mondes

IONESCO
- Rhinocéros
- La Cantatrice chauve

JARY
- Ubu roi

JENNI
- L'Art français de la guerre

JOFFO
- Un sac de billes

KAFKA
- La Métamorphose

KEROUAC
- Sur la route

KESSEL
- Le Lion

LARSSON
- Millenium I. Les hommes qui n'aimaient pas les femmes

LE CLÉZIO
- Mondo

LEVI
- Si c'est un homme

LEVY
- Et si c'était vrai…

MAALOUF
- Léon l'Africain

MALRAUX
- La Condition humaine

MARIVAUX
- La Double Inconstance
- Le Jeu de l'amour et du hasard

MARTINEZ
- Du domaine des murmures

MAUPASSANT
- Boule de suif
- Le Horla
- Une vie

MAURIAC
- Le Nœud de vipères

MAURIAC
- Le Sagouin

MÉRIMÉE
- Tamango
- Colomba

MERLE
- La mort est mon métier

MOLIÈRE
- Le Misanthrope
- L'Avare
- Le Bourgeois gentilhomme

MONTAIGNE
- Essais

MORPURGO
- Le Roi Arthur

MUSSET
- Lorenzaccio

MUSSO
- Que serais-je sans toi ?

NOTHOMB
- Stupeur et Tremblements

ORWELL
- La Ferme des animaux
- 1984

PAGNOL
- La Gloire de mon père

PANCOL
- Les Yeux jaunes des crocodiles

PASCAL
- Pensées

PENNAC
- Au bonheur des ogres

POE
- La Chute de la maison Usher

PROUST
- Du côté de chez Swann

QUENEAU
- Zazie dans le métro

QUIGNARD
- Tous les matins du monde

RABELAIS
- Gargantua

RACINE
- Andromaque
- Britannicus
- Phèdre

ROUSSEAU
- Confessions

ROSTAND
- Cyrano de Bergerac

ROWLING
- Harry Potter à l'école des sor-ciers

SAINT-EXUPÉRY
- Le Petit Prince
- Vol de nuit

SARTRE
- Huis clos
- La Nausée
- Les Mouches

SCHLINK
- Le Liseur

SCHMITT
- La Part de l'autre
- Oscar et la
  Dame rose

SEPULVEDA
- Le Vieux qui
  lisait des romans
  d'amour

SHAKESPEARE
- Roméo et Juliette

SIMENON
- Le Chien jaune

STEEMAN
- L'Assassin
  habite au 21

STEINBECK
- Des souris et
  des hommes

STENDHAL
- Le Rouge et
  le Noir

STEVENSON
- L'Île au trésor

SÜSKIND
- Le Parfum

TOLSTOÏ
- Anna Karénine

TOURNIER
- Vendredi ou
  la Vie sauvage

TOUSSAINT
- Fuir

UHLMAN
- L'Ami retrouvé

VERNE
- Le Tour
  du monde
  en 80 jours
- Vingt mille
  lieues sous
  les mers
- Voyage au
  centre de
  la terre

VIAN
- L'Écume des jours

VOLTAIRE
- Candide

WELLS
- La Guerre des
  mondes

YOURCENAR
- Mémoires
  d'Hadrien

ZOLA
- Au bonheur
  des dames
- L'Assommoir
- Germinal

ZWEIG
- Le Joueur
  d'échecs

ISBN version numérique : 9782808014526
ISBN version papier : 9782808014533
Dépôt légal : D/2018/12603/486

Conception numérique : Primento,
le partenaire numérique des éditeurs.

Ce titre a été réalisé avec le soutien de la Fédération Wallonie-Bruxelles, Service général des Lettres et du Livre.